워리 라인스 지음
최지원 옮김

WORRY LINES

응원하는 책

힘든 상황을 당신은 아주 훌륭히
헤쳐나가고 있어요

허밍버드
Hummingbird

차 례

시작하는 말 / 6

1장. 경로를 벗어난 느낌 / 20

2장. 우리는 영원한 칭~구 / 46

3장. 인간으로 사는 건 너무 어려워 / 62

4장. 장미는 빨개, 빨가면 경고등 / 84

5장. 부재중 / 104

6장. 나오는 건 한숨뿐이로다 / 114

7장. 정상인 척하려니 어색해 / 134

8장. 생각이 많아도 너무 많은 나 / 154

9장. 집중되어라, 얍! / 170

10장. 배를 채워야 마음도 채워진다 / 192

11장. 어쩌면 효과가 있을지도 / 212

12장. 마음의 안정 찾기 / 224

13장. 무해한 낙관주의 / 246

감사의 말 / 270
추천의 말 / 271

시작하는 말

누구에게나 그런 날이 있어요.

아침부터 되는 게 하나도 없는 날

카펫에 커피를 쏟고야 마는 날

눈앞에서 버스를 놓치고,

컴퓨터가 맛이 가고,

의자에 발을 찧는 날

종이에
손이 베이고,

배터리가
간당간당하고,

열쇠를
집에 두고 오고,

도로는 꽉 막히고,

우유가
똑 떨어지고,

회사에 지각하고,

웹페이지가
먹통이 되는 날

때로는 그런 날이 몇 주씩 이어지고

몇 주가 몇 달로 늘어나기도 하죠.

그럼 마치 온 세상이
날 갖고 노는 듯한
기분이 들기 시작해요.

힘든 걸 아무도 몰라준다고
속상해하지 말아요.

제가 이 책장에서 당신을 올려다보며
이토록 복잡한 3차원 세상을 살아가는
당신의 용감한 모습에 매번 감탄하고 있으니까요.

피곤해서
눈 밑이 시커메지고,

격무에 시달리고,

정당한 대우를 못 받고,

절망감에 젖어갈 때도,

당신이 매일 최선을 다하는 걸
제가 여기서 지켜보고 있어요.

물속에 가라앉지 않으려고
발버둥 치고,

온갖 역할을
홀로 떠맡고,

정신없이
주어진 일들을 처리하고,

최대한 빈틈없이
해내려고 애쓰는 모습을
저는 다 보고 있었어요.

당신이 정말
대단하다고 감탄하면서요.

그러니 부디 스스로를
자랑스럽게 여기세요.

당신의 삶에 이런 것들이 가득하길 바라요.

하이 파이브,

베스트 프렌드,

밝은 햇살,

아이스크림,

좋아하는 음악,

10점 만점에 10점인 날들,

그리고 마지막으로…

당신을 향한 응원.
힘든 상황을
당신은 아주 훌륭히
헤쳐나가고 있어요.

1장. 경로를 벗어난 느낌

내가 느껴야 하는
이상적인 감정 :

내가 실제로 느끼는 감정 :

자기감정을 바로바로 알아채는
사람들이 있죠.

하지만
저는 입구를 틀어막고

10~15년 정도
숙성시켰다가

정신과에서 선보이는 방식을
선호해요.

진한 풍미의 우울장애!

불안은

온몸에

차가 우러나듯

스며들어요.

자신의 감정을
알아채는 것도
중요하지만,

그걸 너무 꽉 붙들고 있으면
안 돼요.

기억해요. 감정은 영원히

머무르지 않는다는 걸.

지금의 감정을 언어로 바꿔서
표현해볼까 해.

그런데
으으아아아아아악
이것도 언어 맞나?

겉으로는 너무나 간단해 보이는 일도

속을 들여다보면 복잡할 때가 있어요.

큰 슬픔

작은 슬픔

가랑비 같은
슬픔

차오르는 슬픔

날카로운 슬픔

눈부시게
아름다운 슬픔

무거운 슬픔

서서히 죄어드는 슬픔

내 손안의 슬픔

나는
불안 덩어리야.

나는
에너지 보따리야.

나는
슬픔 방울이야.

나는
사랑으로 충만한
심장이야.

나는
절망 구덩이야.

나는
환한 빛줄기야.

나는
쓰라린 질투야.

나는
의심의 먹구름이야.

나는
희망으로
가득한 무지개야.

어느 날 느닷없이 당신에게
슬픔이 들이닥쳐도
반갑게 맞아주세요.

차와 케이크를
대접하고,

함께 산책을
해봐요.

쇼핑하며
기분 전환도 하고요.

슬픔을 친구에게
소개해줘도 좋아요.
햄버거도 사주면서요.

때로는 슬픔도
잠시 머물 곳이
필요한 법이니까요.

감정과 자아를 따로 떼어놓을 순 없어요.

한 걸음 물러서서

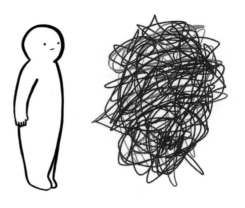

기분을 관찰하기

난 정말 기뻐!

네가 기쁘다니
내가 더 기쁘다!

내가 기뻐서
네가 기쁘다니
내가 더 기쁘다!

네가 기뻐서
내가 기쁜 걸 보고
네가 기쁘다니
내가 더 기쁘다!

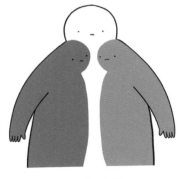

내적 갈등

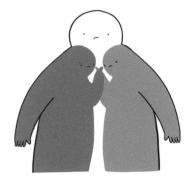

내적 소란

내적 역량

내적 평화

오늘의 기분을 한마디로 정의하기 위해
모든 감정을 쑤셔 넣는 중

때로는
슬픔이 아주 커다랗고

때로는
슬픔이 아주 조그맣고

때로는
슬픔이 조금 옅어지지만

완전히
사라지는 일은 없다고 보면 돼요.

오늘의 마음 상태를
수치화하는 작업 :

감정은
우리 몸속에
차곡차곡 쌓여요.

더 이상 채울
공간이 없어지면,
결국 이 영역에서
이성을 몰아내고 말죠.

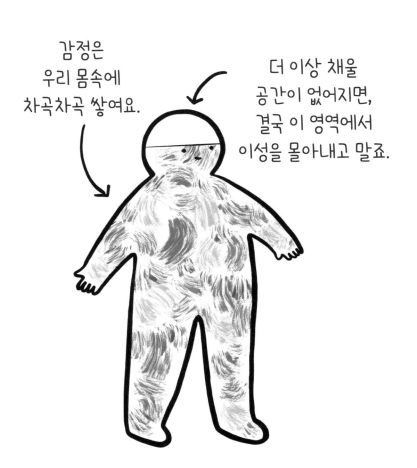

내가 뒤돌아봐주기를
마냥 기다리는
나의 감정

감정이 물러가주기를
마냥 기다리는
나

나 지금 불안한가?

아니면 흥분했나?

아니면 반은 불안하고,
반은 흥분한 건가?

혹은 불안한 데다
흥분까지 한 건가?

ME

WE 2장. 우리는 영원한 칭~구

이것 봐!
우리의 정신질환이
서로 잘 맞나 봐.

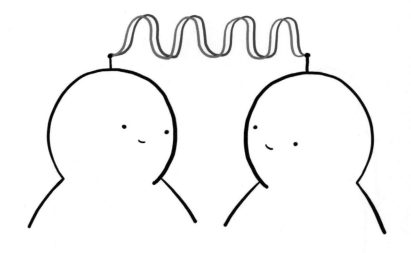

너랑 주파수를 맞추는 일이
정말 즐거워.

어머나,
나도 그런데!

그러니까 너는
이산화탄소와 물을 흡수해서
산소와 포도당을 생성하고,

나는 트라우마를 가지고
불안과 냉소를
만들어내는 거네.

넌 내 마음에 손을 대고

내 생각에도 손을 대지.

하지만 내 감자튀김에 손댔다간
끝장인 줄 알아.

너와 나는

사과와 오렌지 같아.

하지만
우린 좋은 페어*야.

둘 다
바나나*니까.

*pear(배)와 pair(짝꿍)의 유사한 발음, banana(바나나, 비정상 등)의 다양한 의미를 이용한 언어유희.
'하지만 우린 좋은 짝꿍이야. 둘 다 정상은 아니니까.'로 번역할 수 있음

난 커피를
좋아하고,

넌 차를
좋아해.

난 널 좋아하고, 넌 날 좋아해.

난 작별 인사가 싫어.

반갑다는 인사도
어색하기만 해.

침묵이 흐르는 것도
참기 힘들어.

나랑 친구 할래?

3장. 인간으로 사는 건 너무 어려워

난 아침형 인간이
아니야.

그렇다고
오후형 인간도 아니고…

저녁형 인간은
더더욱 아닌 데다,

밤이라고 해서
말똥해지지도 않아.

온종일
정신을 차려보려고 애쓰는

한결같은 인간이지.

지금 잘하고 있는 건가?

긴장이 좀 풀리고 있나?

음료수에
손이 안 닿아…

책을 깜빡하고
안 가져왔네…

잠깐,
여기서 어떻게 나가지?

긴장을 풀려다가
스트레스만 더 쌓이네.

타인과 경계 짓기 중인 나 :

여기에 세우는 데
불만인 사람 있어?

혹시라도 누군가 불편해하면
안 되니까…

차라리 이쪽으로
옮기는 게 낫나?

그냥 이렇게 하는 게
모두가 편할 것 같아.

음, 너 지금
뭐 하는 거니?

이런저런 상상으로
머릿속에
탑을 쌓는 중이야.

내가
멀 잘못 말했니?

아니면
멀 잘못 행동했니?

먼가 해야 할 일을
안 했나?

아니면 해야 할 말을
안 한 건가?

5분마다 반복하는 나 :

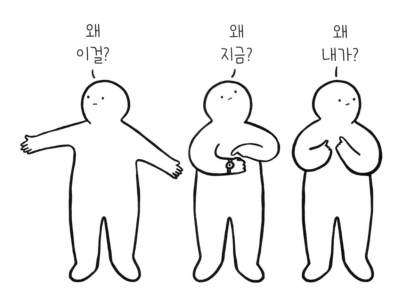

화초가
햇빛을 향해
줄기를 뻗듯이,

난 네가 선반 위에
숨긴 과자를 향해
손을 뻗지.

심연을 들여다보기

12월에 심연을 들여다보기

수분 보충을 해두자.

오늘 엄청나게 많은 눈물을
흘릴 예정이니까.

나 자신을 분류하는 중

이런 역할은 내가 아니라…

자신감 넘치는 사람이
맡아야 할 것 같은데.

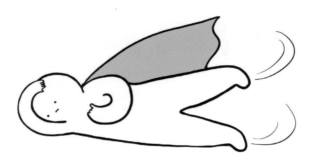

여기 쓰인 대로라면,
넌 지금쯤 뿌리를 단단히 내리고,
적어도 잎을 세 장은 달고,
교외에 있는 방 네 개짜리
화분에서 살고 있어야 정상인데 말이야.

힘들 때 써먹는
여러 방법 가운데

역시 커피가 최고야.

너 붙었어!

오오!

아니, 그게 아니라!
발바닥에
화장실 휴지가
잔뜩 붙어 있다고.

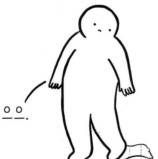

으으.

나무늘보처럼 사는 게
올바르지 않은 일이라면,
난 올바르게 살고 싶지 않아.

내가 해냈어!
정말 어른다운
대화를 나눴어!

선을 딱 긋고,
요구사항을 제시했어!

내 감정을
솔직하게 터놓고 말했어!

아, 그러느라
너무 스트레스를 받았어.
다신 하지 말아야지.

남들은 다 어떻게 살아야 할지
정확히 알고 있는 거야?
아니면 그냥 아는 척하는 거야?

4장. 장미는 빨개, 빨가면 경고등

온 마음

반쪽 마음

미지근한 마음

가벼운 마음

무거운 마음

벅찬 마음

냉혹한 마음

부서진 마음

친절한 마음

약한 마음

각박한 마음

달콤한 마음

나는 나눠줄 사랑이
이렇게나 많아!

나도야!

그럼
나랑 바꿀래?

아니, 됐어.
난 이걸 케이크랑 바꿔줄
사람을 찾고 있거든.

내 심장 :

두둠　　　칫　　　두둠　　　칫

네가 나의 농담에 웃어줄 때의 내 심장 :

두둠　　　칫　　　차르르!

움직이지 마.
내 불안을 전부 너에게 투사하는 중이니까.

사랑은 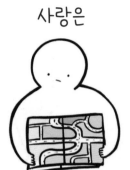 반드시

길을  찾아낸다.

난 너의
사고방식이
마음에 들어.

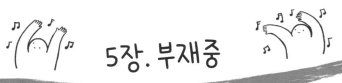

5장. 부재중

연락 주셔서 감사합니다만,

저는 현재 부재중입니다.

속세를 떠나 식물과 함께
살아갈 예정입니다.

혹은 물고기나,

버섯하고요.

불편을 드린 점
진심으로 사과드립니다.

급한 용무가 있는 분은

대표번호로 문의 바랍니다.

6장. 나오는 건 한숨뿐이로다

난 기쁨을 잘 못 느끼고

감탄도
오래 못 하는 데다

열정은
최저치를 찍고 있으니

나오는 건 한숨뿐이로다.

나   내가 올해 목표로 삼았던 일들

과거 따윈 필요 없어.

미래도 마찬가지야.

중요한 건 오직 현재뿐.

그러니
긴장 풀고 한숨 자야겠다.

삶이란 긴 허리
짧은 다리의 닥스훈트처럼
길고도 짧은 것

엄청나게 근사하면서
무진장 우스꽝스러운 것

나 자신을

위한

시간을

확보하세요.

과거를 뒤에 놓고 온 줄만 알았는데,

알고 보니 과거에 에워싸여 있었구나.

나라는

사람은

아직

미완성

난 우아하게
나이 들고 싶어.

감자처럼 말이야.

한 살 한 살
나이를 먹을수록

더 많은
싹을 틔우고 싶어.

소중한 · 것들은

시간이 · 걸린다

(정말 짜증 난다)

잘 봐

네가

얼마나

자랐는지!

오늘은
기분이 괜찮네.

어제는
상태가 안 좋았고,

아마 내일도
삐걱거리겠지만,

오늘 기분이 좋은 게
어디야.

내 안에서 요동치는 것들이
조금 가라앉기 기다린 지
768일째인 나

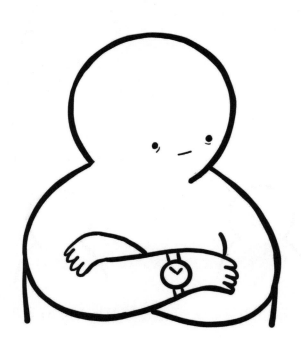

성장의
시기가 있으면

변화의
시기가 있고,

고난의
시기가 있으면

휴식의
시기가 있으며,

재생의
시기가 지나면

다시 성장의
시기가 온다.

어제는
히스토리요,

내일은
미스터리로다.

이렇게 생각하면
마음이
편해져야 하는데,

나한테는
그 모든 게
버겁기만 해.

어떤 것들이

아름다운 이유는

그것이 영원히

지속되지 않기 때문

삶이라는 게
산 넘어 산처럼
느껴질 때가 있어.

컨베이어벨트처럼
하나를 해결하면
또 다른 문제가
뒤따라오는 거야.

어떤 경우가
그나마 나을까?

생각지도 않은 일이
느닷없이
들이닥치는 거?

아니면 모든 일이
동시에 터지는 거?

아니면 아무 일도
벌어지지 않는 거?

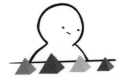

돌이켜보면
나에게 필요한 건
질서가 아니라,

힘들 때 나의 넋두리를 들어줄 누군가인 것 같아.

내가 기대할 만한 일이
점점 더 많아지기를
기대하고 있는 중

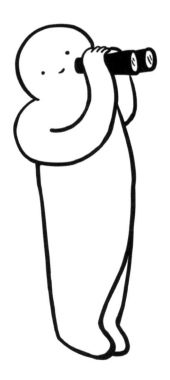

7장. 정상인 척하려니 어색해

미안.

혹시 내가 좀
이상해 보인다면,

그건 지금
내가 있는 힘을 다해

정상으로 보이려고
애쓰기 때문이야.

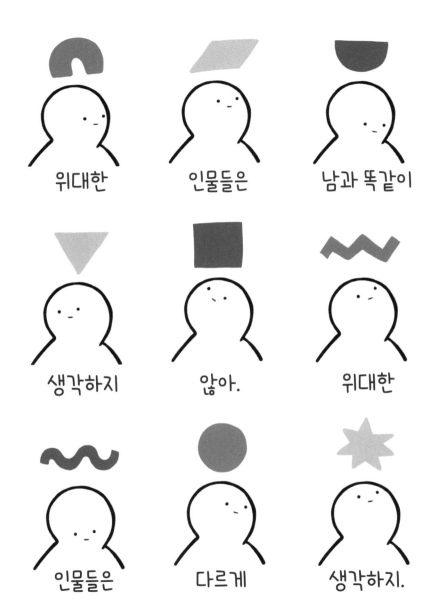

위대한

인물들은

남과 똑같이

생각하지

않아.

위대한

인물들은

다르게

생각하지.

실수는
인간다운 거야.

고민하는 것도
인간답지.

우유를 사러 가서
우유만 쏙 빼놓고 사 오는 것도
얼마나 인간적이야.

지하 주차장에서
길을 헤매는 것도
인간미 넘치지.

발가락을 찧고
가구를 탓하는 것도
인간적인 행동이야.

한참 찾던 열쇠가
손안에 있다니
진짜 인간적이잖아.

실패하는 것도

아주 순수하고
자연스럽고

인간다운 일이야.
안 그래?

눈을 커다랗게 뜨고
주의 깊게 듣는 척하느라

네가 뭐라고 하는지
하나도 못 들었지 뭐야.

난 도무지

생각이란 걸

똑바로

할 수가 없어.

난 노래
듣는 걸 좋아해.

불안한 마음을
잠재워주거든.

BPM이
120을 넘지만
않으면,

가사가
정곡을 찌르지만 않으면,

마이너코드가
계속되지만 않으면,

생각하기 싫은
누군가를 떠올리게 하지만
않으면

현악기의 톤이
지나치게 높지만
않으면,

후렴구에 깔리는
전자음이 내 휴대폰의
알람음과 비슷하지만
않으면,

어쩌면 난
그냥 남들과
말을 섞기 싫어서
헤드폰을 쓰고 있는지도
모르겠어.

생각은 자유롭게 뻗어나가고,

난 그걸 정리해보려고 애를 쓰지.

다른 사람들과
엮일 일이 없는

머나먼 곳으로 나를 데려가줘.

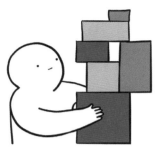

내가 너무 많이
나눠줬나?

아니면
너무 적게 줬나?

혹시
다른 걸 줘야 했나?

주는 방법이
잘못된 걸까?

슬픈 기분,
슬픈 행동

슬픈 기분,
밝은 행동

밝은 기분,
슬픈 행동

밝은 기분,
밝은 행동

이상한 기분,
정상적인 행동

이상한 기분,
이상한 행동

대인공포는 가벼운

애피타이저 같은 것

다른 사람들이 정보를 흡수할 때 :

내가 정보를 흡수하려 할 때 :

내 친구들 :

난 직접
빵을 만들어 먹어.

나는 곡을
만들고 있어.

난 옷을
만들어 입지.

난 가족과의 시간을
많이 만들어.

난 긍정적인 분위기를
만들지.

난 변화를 만드는
사람이야.

나 :

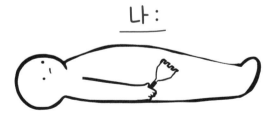

나는 무기력과 실수를 만들어내고 있어.

생일 파티에는
장단점이 있어.

맛있는 케이크를
먹는 건 좋지만

그뿐만이
아니라

다른 사람들을
상대해야 하니까.

지금 네 마음이 어떠하든

어딘가에 너와 같은 사람들이

반드시 있다는 걸 잊지 마.

조금이라도

덜 슬퍼

보이려고

노력 중

미안,
지금 내가 이상해 보인다면

그건
내가 정상이 아니기 때문이야.

8장. 생각이 많아도 너무 많은 나

내가 생각이

깊은 줄 알았는데

그게 아니라

너무 과하게

머리를

굴리나 봄

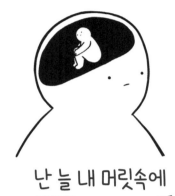

난 늘 내 머릿속에

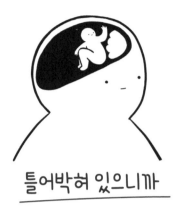

틀어박혀 있으니까

이 안을 최대한 아늑하게

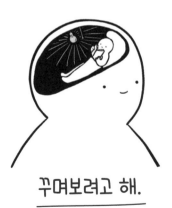

꾸며보려고 해.

어떤 생각이

위험하고

어떤 생각이
안전한지

배워가는 중

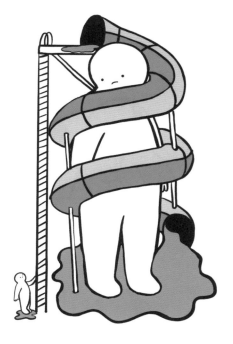

미끄러져
내려가는 건
이토록 간단한데

다시 위로
올라가는 건
어찌나 힘겨운지

내 머릿속은 프리즘

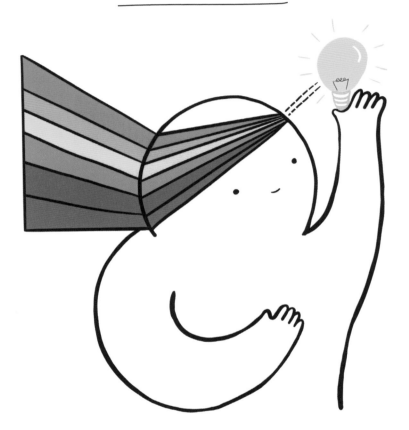

여기는 지식이 아닌,
성장을 위한 공간

무언가 결정을 내릴 때 고려해야 할 점 :

1. 전체적인 그림

2. 모든 요소

3. 모든 단계

4. 모든 감각

커다란 머리가

커다란 심장을

가로막지 않도록

주의해야 해.

생각이 꽃이라면
말은 꽃가루를 운반하는 나비

오늘은 생각을

비워보려 했는데

생각이 딱 붙어서

떨어지질 않는 거야.

내일은 케이크로

녀석의 주의를

돌려봐야겠어.

그게 잘 먹히거든.

9장. 집중되어라, 얍!

이런 복장으로 일하는
직장에 다니고 싶어.

나 자신이 5분이라도 가만히 앉아서
집중하게 하려고 유인하는 나

내가 비전이 없는 게 아니야.

집중력이 부족해서 그렇지.

호기심이

강해서

툭하면

한눈파는 나

난 일을 벌이는 데 탁월한 재능이 있어.

다만 마무리하는 게 좀…

좋아.
난 할 수 있어.

집중하면
이 정도는 금방이야.

집중하자.

우아! 내 손이
이렇게 생겼구나!

난 미적미적 버스로 출근하고

흐물흐물 급행으로 퇴근하지.

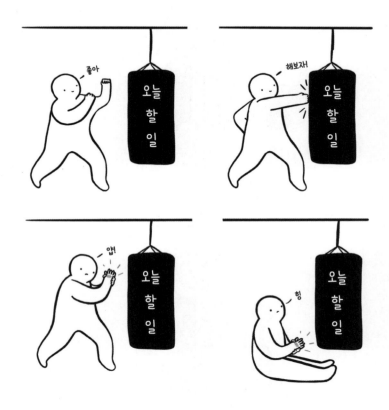

최대한 다정한 안부 인사

다정한 안부 인사

안부 인사

넌 오늘
뭐 할 예정이야?

어제 진작 끝냈어야
할 여러 가지 일.

저런,
어제 무슨 일 있었어?

그제 끝냈어야
할 일을 처리하느라
정신이 없었거든.

회사에서 하기 좋은 요가

 해야 하는 일　　 하고 싶은 일

 반드시 해야 하는 일　　 내가 하게 될 일

내가 스트레스를
받을 건 알고 있었어.

내가 지루해할 것도
알고 있었지.

그래도
설마설마

두 가지를 동시에
느낄 줄은 몰랐네.

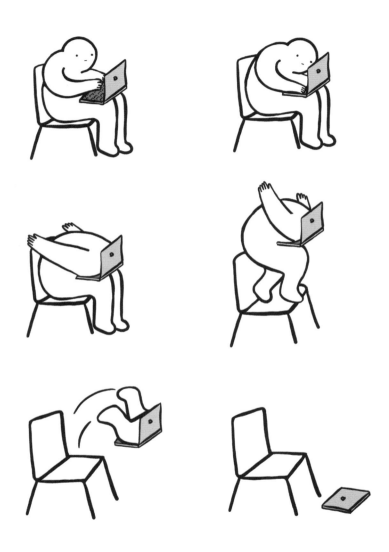

아무래도

목요병에

단단히

걸린 듯

10장. 배를 채워야 마음도 채워진다

불안증이 심해졌으니

어서 베이글을 먹어야겠어.

오늘은
내게 남은 날 중에

가장
첫날이야.

그러니
처음 굽는 팬케이크처럼

조금 찌그러져도
괜찮아.

망상으로 가득 찬 머리

사랑으로 가득 찬 가슴

감자로 가득 찬 배

죄송하지만 아까 점심때
뭐라고 말씀하셨는지 못 들었어요.
저녁 메뉴를 고민하고 있었거든요.

오,
소박한 감자여

그대는 세상의
잔혹함을 모르지.

그리하여
기대도 두려움도 없고

야망도 목표도
품지 않으며

권력도 쾌락도
탐하지 않는

그대는 꾸밈없는
전분 덩어리

복잡한 속세를
살아가는 나는

지쳐 쓰러지려
할 때마다

그대의 순수함에서
위안을 얻는다네.

허브티의 네 가지 온도 :

너무 뜨거워

너무 뜨거워

너무 뜨거워

조금만
일찍 마실걸

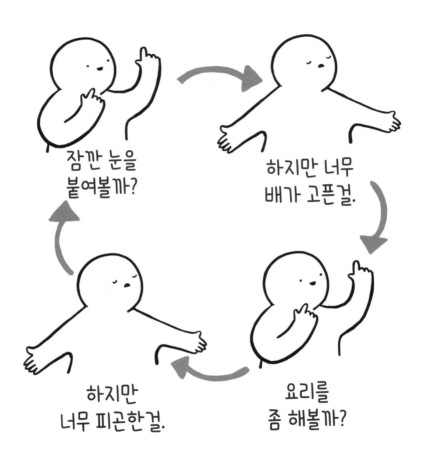

잠깐 눈을
붙여볼까?

하지만 너무
배가 고픈걸.

하지만
너무 피곤한걸.

요리를
좀 해볼까?

커피 같은 사람이 되고 싶어

강하지만 독하지 않고,
활기차지만 부담스럽지 않으며,
뜨겁지만 위협적이지 않은 데다,
널리 사랑받는 사람

스트레스 디저트

내가
단단하지 않은
쿠키면
어떡하지?

조금만
힘을 줘도
바스러지는
쿠키면?

쉽게
툭 부러지는
쿠키면
어쩌지?

너무 달고
부드럽고
얇은 쿠키면
어떡해?

겉은 단단해도
속은 연하고
촉촉한 쿠키면?

그럼
난 정말 완벽한
쿠키잖아.

정신을
차려야 해

제발
진정하자

정신을
차려야 해

제발
진정하자

정신을
차려야 해

제발
진정하자

당신이
순무 시기에 진입하고 있다는 신호 :

뭔가 자꾸 이상해 보이고,
자꾸 숨으려고 하고, 입맛이 돋는다.

하나의 문이 닫히면...

쾅!

또 다른 문이 열린다.

정식으로

선언하노니

오늘부로 난

새롭게 태어났도다!

11장. 어쩌면 효과가 있을지도

좋아, 이제 슬슬 일을 시작해볼까?

방해가 되는 건
전부 치우기

음~~

명상으로
정신을 맑게 하기

나만의
플레이리스트 준비하기

큰 소리로 선언하기

지이잉

내 몸에 맞게
작업 공간 조정하기

조명 각도 맞추기

책상 정돈 = 마음 정돈

이 정도면 오늘 할 일은
충분히 한 것 같아.

12장. 마음의 안정 찾기

건강해지려

해봤자

상태만 더

나빠질 뿐

▶ 다음 우울증 에피소드

▶ 다음 우울증 에피소드

▶ 다음 우울증 에피소드

▶ 다음 우울증 에피소드

바깥세상은 정글이야.

그리고 내 안에도 정글이 있지.

나 자신을 용서해보려는 나 :

이제
너한테 물려줄 때가
된 것 같다.

이게 뭔데?

불안이라는 거야.

먼가를

잘하는 게

반드시 너에게

도움이 되는 건 아니야.

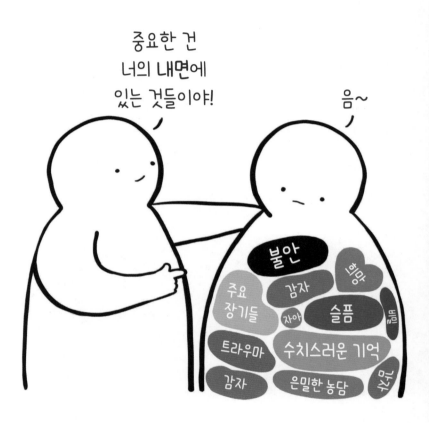

넌 생각을
멈추는 법을
배울 필요가 있어.

패닉 상태가
되는 거라면
지금도 잘하는데?

모든 게
무너져 내리고 있어

예술

안녕, 태양아!

안녕, 나무들아!

안녕,
불확실성이란 이름의
거대한 먹구름아!

안녕, 꽃들아!

아침에 벌떡 일어나서

다시 침대로 기어들어 가기

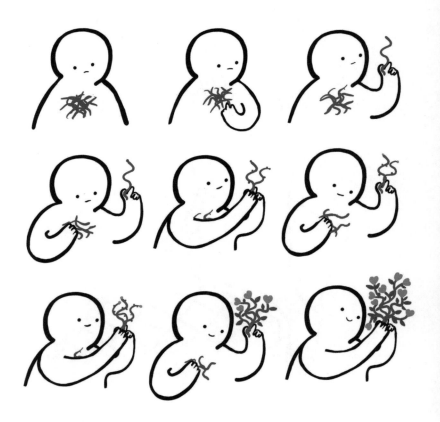

난 예전에
완벽주의자였어.

이제는 완벽하지 않아도
된다고 마음을 다독이지.

물론 아직 잘 안될 때도
있지만 말이야.

그것도 그런대로
괜찮은 것 같아.

나는 때때로 슬픔을 이고 다녀.

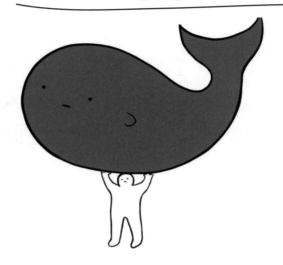

때로는 슬픔이 나를 멀리 데려다주지.

난 일요일마다 공포에 시달려.

월요일엔
숨이 막히고,

화요일엔
안절부절못하고,

수요일엔
조마조마하고,

목요일엔
고통스럽고,

금요일엔
멘붕이 오고,

토요일에
심장이 떨리지.

내가 보니까
넌 자존감이
아주 낮은 것 같더라.

어머!
그걸 알아봐준 거야?

혼자는 평화로워.

둘은 든든해.

셋은 부담스러워.

넷은 불안장애를 유발하지.

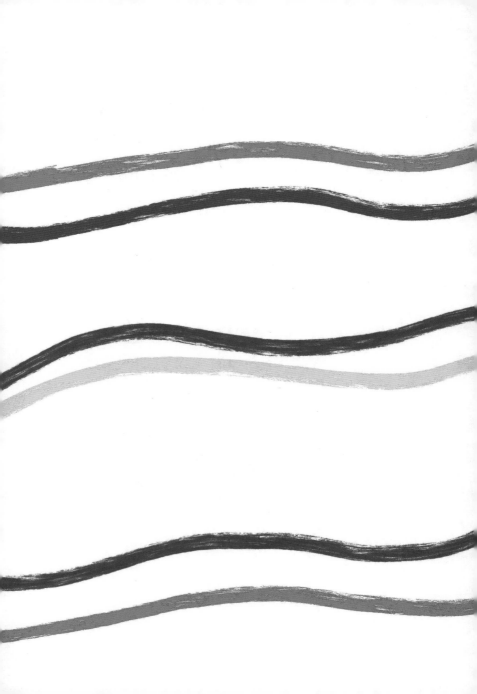

13장. 무해한 낙관주의

최대한

긍정적으로 생각하되

망상에 빠지지

않도록 주의하기

희망 가득

감자튀김 가득

무조건 밝은 면만
바라보면서

어두운 면을
외면해서는 안 돼.

때로는
어두운 면을 받아들여야

밝은 면이
더욱 밝게 빛나거든.

최악의
상황에 대비하며

최선의
상황을 기대하고

의외의
상황을 예상하며

나머진
될 대로 되라지.

사랑은 결국 길을 찾아낸다.

하지만 길을 찾기까지
한참을 돌아가게 될 수도 있다.

혹시 처음에

성공하지 못해도

계속 해봐요.

달성할 수 없는 목표를 잡아놓고,
그로 인한 불안감 때문에
부정적인 생각에 갇혀
자기혐오에 빠지는
실수를 범하지 않도록
조심하면서요.

당신의 꿈을
따라가세요.

한낮의
나른한 고양이처럼

유연하고
기묘하게

빛을 따라
자세를 바꿔봐요.

최선의 결과를

기대하면서,

어중간하게

끝나버릴 때를

대비하자.

어서 일어나서

너의 빛을

넓리 비춰줘.

당신은 행복해야
마땅한 사람

당신은 평온해야
마땅한 사람

게이크를 먹어
마땅한 사람

당신은 행운이
따라야 마땅한 사람

당신은 휴식을
취해야 마땅한 사람

마트에서 쇼핑할 때마다
최애곡이 흘러 나와야
마땅한 사람

당신은 사랑받아야
마땅한 사람

당신은 존중받아야
마땅한 사람

개똥 같은 일이 없는
인생을 살아야
마땅한 사람

오늘따라 유난히

나 자신이
꼴 보기 싫더라도

최소한의 예의는

지키기로 해요.

사랑을
내 안으로도
충분히 퍼뜨리세요.

밖으로만
내보내기엔
너무 아깝잖아요.

자기

자신에게

친절을

베풀어요

아무
걱정 말고

양손을
높이 들어

빙빙
돌려봐요.

내 삶이 얼마나
엉망진창인지
생각하지 말고요.

기억은

희미해져도

감정은

선명히 남는다.

잎도 무럭무럭

뿌리도 무럭무럭

당신이 일찍이 꽃을
못 피웠고

뒤늦게 자라는
대기만성형도 아니라면

당신은 근사한
양치식물일 가능성이
있어요.

아니면
이끼류일 수도 있고요.

만사가 순조롭기만
하지는 않을 거야.

쫄딱 망해버리는
경우도 있겠지.

어마어마한
성공을 거두는 일도
있을 테고.

난 그냥 만사가
순조롭지만은 않은
상황에 만족할래.

자라는 방향은 저마다 다르다.

감사의 말

지금까지 읽어주셔서 감사합니다.
이 말이 얼마나 도움이 될지는 모르겠지만,
저는 당신이 힘든 상황을 아주 훌륭히 헤쳐나가고 있다는 걸
믿어 의심치 않습니다.

페이트리언 후원자와 인스타그램 팔로워,
출판사 편집팀 그리고 이 책이 탄생할 수 있게 해준
경이로운 케이트 씨에게 무한한 감사를 드리는 바입니다.

또한 제가 이 여정을 무사히 마칠 수 있도록 응원해준
샬럿, 데지레, 마리스 파이퍼, 러셋 버뱅크
그리고 나머지 가족들(누군지 본인들이 알고 있겠죠)에게
큰 소리로 사랑을 전합니다.

추천의 말

'하나를 보면 열을 안다'라는 속담이 있습니다.
저는 이 말에 전적으로 동의하지 않습니다.
하나를 보면 하나만 보입니다. 둘을 보면 둘만 보입니다.
이건 상식적이고 당연합니다. 추측이 사람을 판단하고,
결론을 내리며, 비난하는 상황을 많이 보았습니다.
추측이 난무하는 이 시대에 하나만 보려고 하지 않았는지
깊게 삶을 헤아려보아야 합니다.

워리 라인스의 《응원하는 책》은 우리의 시선을,
하나가 아닌 열을 보게 만듭니다.
그 시선이 '그럴 수도 있겠다'는 마음에 머물게 합니다.
이 머묾이 세상을, 사람을 살릴 수 있다고 믿습니다.

우리의 시선이 《응원하는 책》에 머물렀으면 좋겠습니다.
그로 인해 삶이 물들고, 그 물듦이 꽃이 되었으면 좋겠습니다.
지금은 이 책입니다.

_이성갑 주책공사 대표, 《오늘도, 펼침》 저자

응원하는 책

2025년 05월 08일 초판 01쇄 인쇄
2025년 05월 16일 초판 01쇄 발행

지은이 워리 라인스 옮긴이 최지원

발행인 이규상 편집인 임현숙
편집장 김은영 책임마케팅 박윤하 크로스교정 문지연
콘텐츠사업팀 강정민 정윤정 박윤하 윤선애
디자인팀 최희민 두형주
채널 및 제작 관리 이순복 회계 김하나

펴낸곳 (주)백도씨
출판등록 제2012-000170호(2007년 6월 22일)
주소 03044 서울시 종로구 효자로7길 23, 3층(통의동 7-33)
전화 02 3443 0311(편집) 02 3012 0117(마케팅) 팩스 02 3012 3010
이메일 book@100doci.com(편집·원고 투고) valva@100doci.com(유통·사업 제휴)
블로그 blog.naver.com/100doci_ 인스타그램 @100doci

ISBN 978-89-6833-497-9 03840
허밍버드는 (주)백도씨의 출판 브랜드입니다.